COYOTE

UN CUENTO FOLKLÓRICO DEL SUDOESTE DE ESTADOS UNIDOS

ADAPTADO E ILUSTRADO POR

Gerald McDermott

TRADUCIDO POR AÍDA E. MARCUSE

Libros Viajeros

Harcourt Brace & Company

San Diego   New York   London

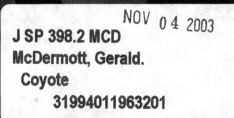

This is a translation of *Coyote: A Trickster Tale from the American
Southwest.*

First Libros Viajeros edition 1995
Libros Viajeros is a registered trademark of Harcourt Brace & Company.

Library of Congress Cataloging-in-Publication Data
McDermott, Gerald.
[Coyote.   Spanish]
Coyote: un cuento folklórico del sudoeste de Estados Unidos/
adaptado e ilustrado por Gerald McDermott; traducido por Aída E.
Marcuse. — 1st Libros Viajeros ed.
p.   cm.
Summary: Coyote, who has a nose for trouble, insists that the crows
teach him how to fly, but the experience ends in disaster
for him.
ISBN 0-15-200032-1
1. Indians of North America—Southwest, New—Folklore.
2. Coyote (Legendary character)—Folklore. [1. Coyote (Legendary
character) 2. Indians of North America—Southwest, New—
Folklore. 3. Spanish language materials. 4. McDermott, Gerald, ill.]
I. Title.
E78.S7M13618   1995
398.2'09790452974442—dc20   95-731

The paintings in this book were done in gouache, colored pencil,
and pastel on heavyweight cold-press watercolor paper.
The display type and text type were set in Bryn Mawr by
Central Graphics, San Diego, California.
Color separations by Bright Arts, Ltd., Singapore
Printed and bound by Tien Wah Press, Singapore
This book was printed on Leykam recycled paper,
which contains more than 20 percent postconsumer waste
and has a total recycled content of at least 50 percent.
Production supervision by Warren Wallerstein and Diana Ford
Typography designed by Lydia D'moch

GFED

Printed in Singapore

Los cuentos del coyote se cuentan entre los más
conocidos de los cuentos tradicionales de los indígenas estadounidenses. Desde la Gran Cuenca a los
Llanos y los pueblos del sudoeste, las peripecias del
coyote deleitan e instruyen desde hace siglos. El
nombre *coyótl* deriva del nahuátl, el antiguo idioma
de los aztecas.

Los cazadores de la Edad de Piedra veneraban al
coyote y trataban de emular su astucia y su gran
resistencia. Pero los indígenas de épocas poste-
riores, que eran pastores y agricultores, lo consi-
deraban un animal dañino por su tendencia al
abuso y el robo, desconfiaban de él y le denigraban.

Esta imagen del coyote, la de un pillo muy
molesto, surge en las distintas versiones del cuento,
especialmente entre las tribus del sudoeste. Se le
representa como impertinente, glotón y mentiroso,
la víctima perpetua de su propia indiscreción. Su
constante deseo de imitar a los demás, de
entremeterse en asuntos ajenos, lo hace parecer
muy necio . . . y muy humano.

Los indígenas Pueblos Zuni, que se distinguen
especialmente al contar los cuentos del coyote,
asignan un color simbólico a cada uno de los puntos
cardinales. En su mitología, el coyote se asocia con
el oeste y el color azul. En este cuento, el coyote—
como en muchos otros que relatan los Zuni—, es un
ejemplo de la vanidad humana, y su mala conducta
le causa mucha desdicha.

— G. M.

Para Jaycee, Joshua y Alec

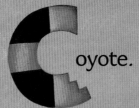**C**oyote.

Coyote Azul caminaba por un sendero.
Como siempre, metía la nariz donde no debía.
Y su nariz siempre lo metía en líos.

Un día, Coyote metió la nariz en la cueva del Tejón, y éste se la mordió.

Coyote quería tener la cabeza roja, como el Pájaro Carpintero, pero se le quemó el pelo.

Otro día, Coyote se dio de narices con la Serpiente,
¡y se metió en tremendo lío!

Coyote siempre se metía en líos.

Un día, Coyote llegó al lugar donde
se juntan la tierra y el cielo.
Escuchó risas y cantos.
Y fue a ver qué pasaba.

Coyote vío una
bandada de cuervos.
Los cuervos cantaban.
Y también bailaban.

Después, los pájaros abrieron las alas.
Remontaron el vuelo y volaron en círculos por el cielo del cañón.

—¡Ah, si yo pudiera volar —dijo Coyote— sería
el coyote más admirado en el mundo!

Coyote llamó a los cuervos.

—¡Déjenme ir con ustedes! —dijo.

—Este coyote disparatado quiere ser como
nosotros —dijo Cuervo Viejo a su bandada.
—Nos divertiremos un rato con él.

Cuervo Viejo volvió un ojo hacia Coyote y le dijo
—Puedes bailar con nosotros.

—¡Gracias! ¡Muchas gracias! —dijo Coyote.
—Pero quiero volar como ustedes.

—¿Por qué no? —dijo Cuervo Viejo.

Cuervo Viejo se arrancó una pluma del ala izquierda.
Le dijo a cada cuervo de la bandada que hiciera lo mismo.
Después clavaron las plumas en Coyote.
Coyote se sobresaltó de dolor. La nariz se le crispó.

Los cuervos se rieron bajito.

—Ya estás listo para volar —dijo Cuervo Viejo.

Los cuervos recomenzaron su lento canto acompasado.
Daban saltitos con una pata y la otra. Coyote se unió a ellos.
Aunque desafinaba al cantar y no llevaba el compás al bailar,
se sentía muy orgulloso de sí mismo.

Los cuervos abrieron las alas y remontaron el vuelo.
Coyote fue tras ellos. Volaba torpemente, siempre
inclinado hacia un lado. No mantenía el equilibrio,
pues todas sus plumas eran del ala izquierda de los pájaros.

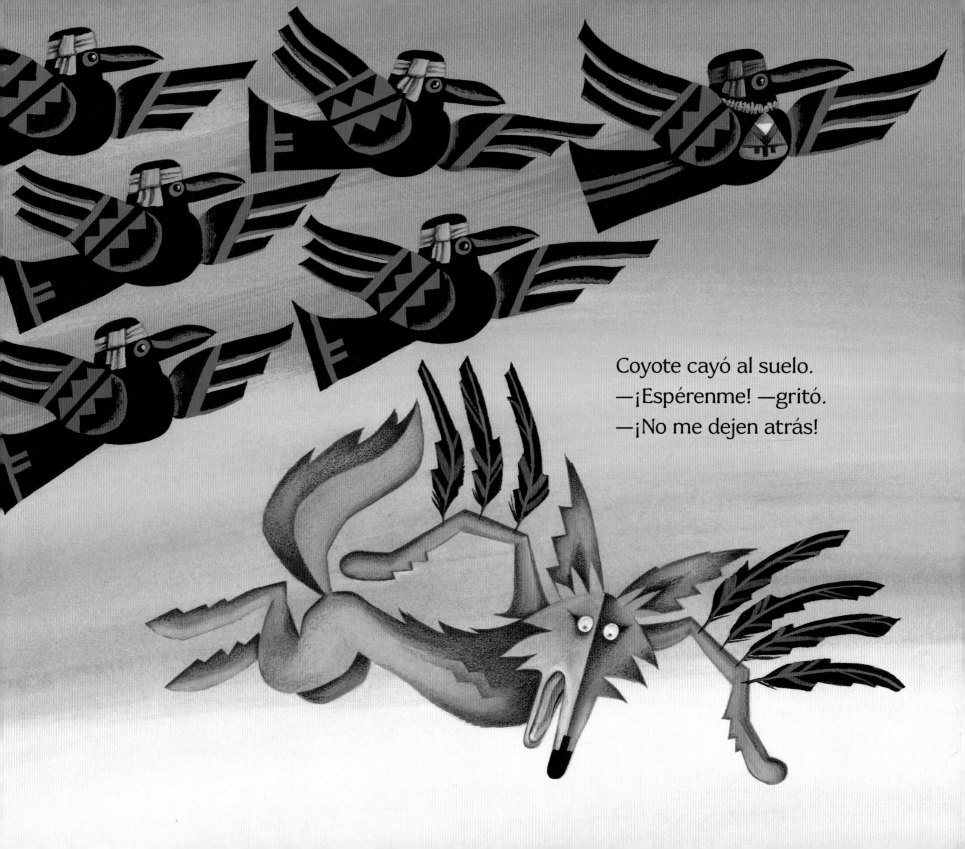

Coyote cayó al suelo.
—¡Espérenme! —gritó.
—¡No me dejen atrás!

Los pájaros regresaron y rodearon a Coyote.
—Tenemos que equilibrarlo —dijo Cuervo Viejo.

Cuervo Viejo se arrancó una pluma del ala derecha.
Cada pájaro de la bandada hizo lo mismo. Coyote se
encogía de dolor cuando los cuervos le clavaban las
plumas. Los cuervos se rieron bajito.

—¡Quedé perfecto! ¡Ahora volaré tan bien como ustedes! —dijo Coyote.

Coyote se había vuelto grosero y fanfarrón.

No llevaba el compás al bailar.

Desafinaba al cantar.

A los cuervos ya no les parecía divertido.

Los pájaros recomenzaron su lento canto acompasado.
Coyote daba saltitos, movía las patas emplumadas y cantaba
con voz ronca.
Los bailarines abrieron las alas y remontaron el vuelo.

Pronto los cuervos volaban muy alto por el cielo del cañón.
A Coyote le costaba trabajo seguirlos.

—¡Cárguenme! —exigió.

Los cuervos volaron en círculo alrededor de Coyote,
pero no lo cargaron. En vez, le arrancaron las
plumas, una por una.

Coyote se fue a pique cielo abajo.

Cayó y cayó.

—¡Auauauauauauauuuuuu! —aulló.

Coyote cayó tan rápido, que se le incendió la cola.
Cayó de narices en un charco de la meseta.

Coyote salió del agua. Oyó risitas burlonas y vio cómo los cuervos se marchaban volando.

Coyote corrió tras ellos.

Tropezó, cayó, y dio tumbos en la tierra.

Coyote regresó a su casa empapado y cubierto de polvo.

Hasta hoy día, su pelo es del color del polvo.

Hasta hoy día, tiene la punta de la cola negra, como quemada.

Coyote sigue metiendo la nariz donde no debe.

Siempre busca líos.

Y siempre los encuentra.